Futa Fata

I ndilchuimhne ar m'athair

LINDBERGH

The New York Tr

NEW YORK, MAY 22nd, 1927

Aviator Charles Lindbergh's fi

Spirit of t.Louis

Buntéacs agus maisiú © 2013 Torben Kuhlmann
Foilsithe den chéad uair i 2017, faoi chlúdach crua,
ag Futa Fata, An Spidéal, Co. na Gaillimhe, Éire

An leagan Gaeilge: An chéad chló © 2017 Futa Fata

Dearadh agus clóchur den leagan Gaeilge, idir
leabhar agus chlúdach: Anú Design, Teamhair na Rí

Thacaigh an Chomhairle Ealaíon le foilsiú an
leabhair seo faoin scéim 'Teideal ar Theideal'

the arts council chomhairle ealaíon | cistiú litríocht artscouncil.ie

ISBN: 978-1-910945-26-1

Torben Kuhlmann

LINDBERGH

Scéal luchóige a d'eitil

Andreas Vogel agus Máire Zepf a rinne an leagan Gaeilge

Futa Fata
An Spidéal

Scéal Luchóige

Fadó, i gcathair mhór, bhí cónaí ar luchóg
fhiosrach. Thaitin sé leis na míonna fada a
chaitheamh i bhfolach i leabharlanna. Chuir sé
suim mhór i leabhair na ndaoine. Ba bhreá leis
bheith á léamh is á scrúdú go rúnda.

Cá ndeachaigh na luchóga?

Lá amháin, nuair a d'fhill an luchóg bheag abhaile óna chuid staidéir, bhí gach rud ciúin. An-chiúin go deo. De ghnáth, bhíodh na céadta luchóg ag dul soir siar ar fud na háite, ag casadh ar chairde agus ag ithe bia. Ach anois, thar oíche, shílfeá, bhí siad ar fad imithe.

Roimhe sin, bhíodh saol deas réidh ag na luchóga. Bhí siad tirim teolaí. Bhí neart le hithe acu agus bhí sé furasta smailc a sciobadh ó chófraí, ón chistin, nó díreach ó phlátaí na ndaoine. An rud is measa a d'fhéadfadh tarlú do luchóg ocrach ná go dtosódh duine ag screadadh os ard léi, nó ag croitheadh scuab ina treo. Ach anois, go tobann, bhí athrú mór ar an scéal sin. Anois, bhí gléasanna scanrúla le feiceáil ar fud na háite. Bhí domhan na ndaoine tar éis éirí contúirteach....

Hanseanzeiger

Es klappt

William C. Hooker and James Henry Atkinson ch 1840.

NO MICE

GLÉAS NUA

Das sichere Ende
Mauseplac

Scéal ó Thír i bhfad i gCéin

Chuaigh na seachtainí thart. Ní raibh aon luch eile ar fáil in áit ar bith níos mó. Léigh an luchóg bheag na nuachtáin agus d'fhoghlaim sé cuid mhór faoi na gaistí nua. A leithéid de thubaiste! Is cinnte gurb iad na gaistí uafásacha seo a chuir an ruaig ar a chairde go léir. Ach cá ndeachaigh siad? Go Meiriceá, b'fhéidir? Bhí scéalta cloiste ag gach luchóg faoin áit sin i bhfad i gcéin. Dúradh go raibh dealbh ansin a chuir fáilte roimh gach a tháinig chun na tíre, is cuma an daoine iad nó lucha.

Chuaigh an luchóg bheag chuig an chalafort.
Rachadh sé ar bord loinge mar a rinne a chairde
ar fad roimhe! Ach bhí deacracht ann. Cé a
bheadh ansin, ag coimeád na longa ar nós
caisleáin, ach cait mhóra agus ocras orthu!

Ar éigin a thug an luchóg na cosa leis! Síos leis isteach
trí phíopa uisce, go háit chiúin dhorcha faoi thalamh.
Bhí sé sábháilte ansin. Go fóill, cibé…

Luchóga ag Eitilt

D'imigh an luchóg leis trí na tolláin faoi thalamh. Bhí an t-aer tais agus bhí boladh bréan ann. Chuala sé gíocanna beaga sa dorchadas. Ansin, go tobann, mhothaigh sé sciatháin ag bualadh san aer ina thimpeall. Ainmhithe taibhsiúla a bhí iontu, iad cosúil le luchóga, súile bídeacha acu agus cluasa móra. Ach bhí sciatháin dhubha leathair ag na luchóga seo. Bhí siad ag eitilt!

Bhí an luchóg bheag faoi dhraíocht ag na hainmhithe seo agus a gcuid sciathán. Ansin, bhuail smaoineamh é. Bhí seisean chun eitilt a fhoghlaim é féin! D'fhéadfadh sé Meiriceá a bhaint amach agus a chairde a fheiceáil arís. Ar ais abhaile leis nó gur thosaigh sé ag cumadh pleananna. Bhailigh sé cipíní, píosaí nuachtán, snáithí agus gliú. Thosaigh sé ar dhá sciathán mhóra a thógáil.

Anois, cá háit a ndéanfadh sé a mheaisín eitilte a thriail? I halla mór i lár na cathrach, b'fhéidir? Bhí an áit sin dubh le daoine. Bhí innill ollmhóra ag tiomáint anonn is anall ann agus neart gaile astu. Ach ní raibh gaoth ar bith ag séideadh istigh ann, agus b'shin an rud ba thábhachtaí.

Dhreap sé agus léim sé… agus d'eitil sé! Ar feadh nóiméidín bhí sé ar foluain tríd an aer! Ach níor mhair sé sin i bhfad. Thit sé go tobann, é ag luascadh agus ag lascadh anonn is anall, anuas go talamh. Is ar éigean a d'éirigh leis na rothaí móra iarainn a sheachaint. Bhí a chroí trom agus é ag féachaint ar na heiteoga briste agus ar na hinnill mhóra gaile. Cad a dhéanfadh sé anois?

Eureka! Bhí réiteach na faidhbe aige! Gal! Sin an rud a bhí de dhíth ar a mheaisín eitilte féin! An uair seo, bhí an tógáil i bhfad níos casta. Bhí ar an luchóg go leor páirteanna nua a bhailiú: rothaí fiaclacha ó uaireadóirí, lastóir toitíní, miotal éadrom, scriúanna…

Ag eitilt faoi chumhacht gaile

Ach anois, bhí meaisín na luchóige róchumhachtach! Lúb sé
tríd an aer, ag rothlú as smacht. Bhí eiteoga agus stiúir de dhíth
air. Is iomaí seachtain a chaith an luchóigín glic seo ag obair ar
a inneall. Beagán ar bheagán, d'éirigh leis gléas iontach eitilte
a thógáil ón charn páirteanna beaga a bhí bailithe aige.

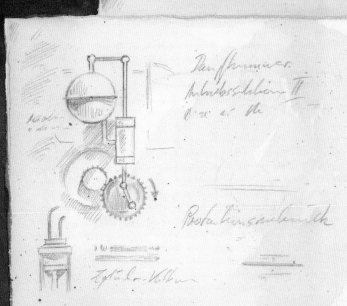

Is iontach an t-inneall a rinne sé. Bhí coire beag gaias ann a chruthaigh an gal. Bhog loiní na rothaí fiaclacha agus chuir siadsan an lián ag casadh. Nuair a chuireadh an luch teas faoin choire, chasadh an lián agus shílfeá gur gála a bhí ag séideadh! Chuir an ghaoth a chuid páipéar ar fad trína chéile! Bhí an luchóigín an-sásta leis féin. Bhí dóchas anois aige go dtabharfadh an meaisín eitilte seo go Meiriceá é.

Tubaiste!

Ach bhí fadhb amháin ag baint leis an inneall nua: bhí sé
róthrom. Ní raibh na heiteoga beaga in ann an meáchan ar
fad a choinneáil san aer. Bhí an t-ádh leis an phíolóta bheag
gur éirigh leis an crios sábhála a oscailt agus léim amach sula
ndearnadh smidiríní den eitleán ar an talamh. Thit sé féin de
phlimp ar an chosán. Chuir sé an smionagar i bhfolach chomh
tapa is a bhí sé in ann. Ansin chuaigh sé féin ar foscadh i
bpoll faoin talamh.

Ach ní raibh obair na luchóige ina rún níos mó. An lá arna mhárach, bhí a phictiúir i ngach nuachtán sa chathair. "Luchóg ag eitilt os cionn Hamburg!" Cad é an chéad eachtra eile a bheadh ar bun ag an chréatúr bheag seo? Bhí rud amháin cinnte, bhí gach duine ag coinneáil súil amach dó. Agus níorbh iad na daoine amháin a bhí ag faire air...

Hamburger Stadtzeitung

SENSATION!
Tollkühne Maus
mit Flugapparat

Plean Nua

Ní raibh stad ar bith leis an luchóg. Bhí plean nua anois aige.
Chuir sé rothaí faoin inneall, rud a d'fhág go raibh sé i bhfad
níos éasca anois air éirí in airde san aer agus tuirlingt arís.
Bhí eiteoga leathana chomh maith ar an mheaisín agus inneall
cumhachtach. Eitleán ceart a bhí ann an uair seo agus neart
spáis ann ag an luchóg chun bia, páirteanna breise agus breosla
a thabhairt leis ar a thuras.

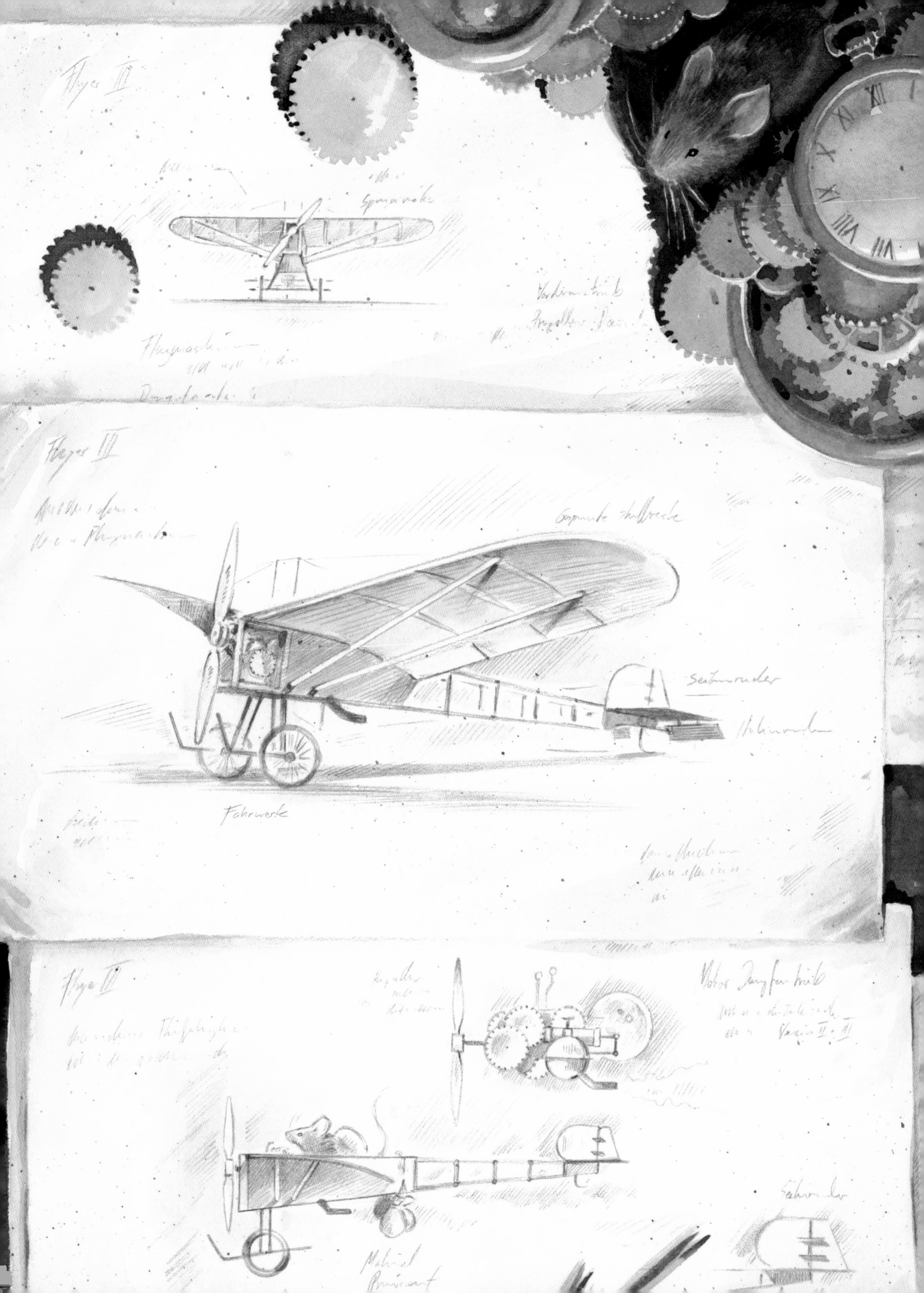
Seitenruder
Fahrwerk

Ach anois nuair a d'imigh an luchóg amach san oíche le
páirteanna nua a lorg, mhothaigh sé go raibh rud éigin ag faire
air. Chonaic sé scáthanna dubha ar dhíonta agus ar shimléir.
Chuala sé sioscarnach sciathán i ndorchadas na hoíche.
Bhí cloigeann cosúil le cat ar na créatúir seo agus culaith cleití.
Bhí siad ann oíche i ndiaidh oíche agus iad ag teacht níos gaire
agus níos gaire dó....

Éalú faoi Rún

D'oibrigh an luchóg go crua ar a eitleán ar feadh na seachtainí.
Amach leis arís is arís, ag lorg páirteanna nua dó, in ainneoin
na contúirte. Choinnigh na hulchabháin orthu ag faire.
Bhí siad i bhfolach i ngach cúinne dorcha. An t-aon rud a chuir
ruaig orthu ar feadh seala ná an drochaimsir.

Lá fliuch ceomhar a bhí ann nuair a tháinig an lúch amach lena nuecán nua. Bhí a chroí ina bhéal aige. Ní raibh mórán ulchabhán thart, agus an méid sin féin bhí siad fliuch báite agus níorbh fhéidir leo mórán a fheiceáil de bharr na drochaimsire.

I ndeireadh na feide

Bhí an luchóg é féin fliuch go craiceann. Bhí uaireanta fada an chloig caite aige ag smúrthacht trí na sráideanna, ag seachaint daoine a shiúil thairis faoi dheifir, iad ag cosaint a gcloigne ón fhearthainn le cótaí agus nuachtáin. Bhí a gcuid bróga leathair ag clagarnach ar an chosán fhliuch. Faoi dheireadh, tríd an cheo, chonaic an luchóg an foirgneamh is airde sa chathair – túr na heaglaise!

Bhí sé dorcha taobh istigh ann. Bhí clog ollmhór ann agus é ag ticeáil agus ag gliogarnach. Nuair a bhuail an clog, bhí an luchóg bheag bodhraithe aige. Bhain sé úsáid as oibreacha an chloig chun a ghléas trom a tharraingt go barr an túir gan mórán stró.

Thosaigh an luchóg an t-inneall gaile. Bhí torann iontach as agus an lián ag casadh sa ghaoth. Ach bhí fuaim éigin eile ann chomh maith, taobh amuigh: cleitearnach sciathán a bhí ann, ag teacht tríd an cheo, ag teacht i dtreo na luchóige ar luas lasrach...

Bhí crúba móra géara ag iarraidh greim a fháil ar an luch bheag.
Chrom sé síos ina shuíochán, dhún a shúile agus tharraing sé an
maide stiúrtha chomh láidir agus a raibh sé in ann. Scinn an
t-eitleán beag amach ar an aer agus... d'eitil sé!

Ní raibh na hulchabháin i bhfad ina dhiaidh, áfach.
Choinnigh siad orthu dá leanúint agus fuadar fúthu.
Thriail ceann acu greim a fháil ar eireaball an eitleáin!
Tharraing an píolóta beag an maide stiúrtha go tobann ar
leataobh. D'iompaigh an t-eitleán ar a thaobh agus rinne sé
casadh géar. Ní raibh na hulchabháin in ann é a leanúint.

D'éirigh an t-eitleán níos airde agus níos airde. Tar éis
tamaillín, ní raibh i spuaic mhór na heaglaise ach líne
tanaí idir na scamaill.

D'éirigh leis!

D'éirigh an t-eitleán níos airde arís. Ansin bhí sé os cionn na
scamall agus bhraith an luch teas bog na gréine sa tráthnóna.
D'eitil sé thar pháirceanna agus bhánta, thar chathracha agus
tithe solais, go dtí nach raibh aon rud roimhe ach an
fharraige mhór.

Os cionn an Atlantaigh

Ar aghaidh leis an luchóg bheag go cróga. Ó am go chéile, d'fheiceadh sé long san fharraige faoi agus púir deataigh ina diaidh aici. Sin iad na longa a bhí feicthe aige sa chalafort agus iad anois ar a mbealach chuig an tír sin i bhfad i gcéin, chuig an chathair ina raibh dealbh álainn ag fanacht le fáilte a chur rompu. Ní raibh le déanamh ag an luchóg ach na longa sin a leanúint!

Chuaigh an ghrian faoi agus d'éirigh sé fuar. Ar a laghad
tháinig beagáinín teasa ón inneall gaile. Bhí an luch ag priocadh
ar phíosa cáise agus ag déanamh gach iarracht gan titim ina
chodladh. Oíche bhreá spéirghealaí a bhí inti. Oíche fhada a
bheadh inti chomh maith don luichín bheag. Ach faoi dheireadh
thiar thall, le breacadh an lae, bhí sé in ann rud éigin nua a
fheiceáil idir na scamaill thíos...

Cathair mhór mhillteach!

Ceann scríbe agus ceiliúradh

Bhí Nua-Eabhrac Mheiriceá bainte amach ag an luch bheag faoi dheireadh! Agus bhí gach rud níos mó fiú ná mar a shamhlaigh sé. Tithe agus túir brúite le chéile. Shín na cinn is airde acu chomh hard leis na scamaill san aer. Bhí na sráideanna thíos eatarthu beo leis na mílte duine. Chuaigh an t-eitleán thar an chalafort agus timpeall os cionn na cathrach. Thug roinnt daoine faoi deara go raibh rud éigin thuas ansin sa spéir agus púir deataigh as. Ach cad é? Luch ag eitilt? Stop na daoine sa tsráid, iontas orthu agus iad ag stánadh ar an inneall bheag eitilte sin.

Má bhí iontas ar na daoine, bhí sceitimíní ar na lucha! Tháinig siad amach as a gcuid poll agus scéal na luiche a bhí ag eitilt os cionn na cathrach ag dul ó bhéal go béal. Chomh luath agus a thuirling an t-eitleán bhí sé timpeallaithe ag slua mór luch. Bhí a chuid cairde faighte ar ais ag ár luichín beag!

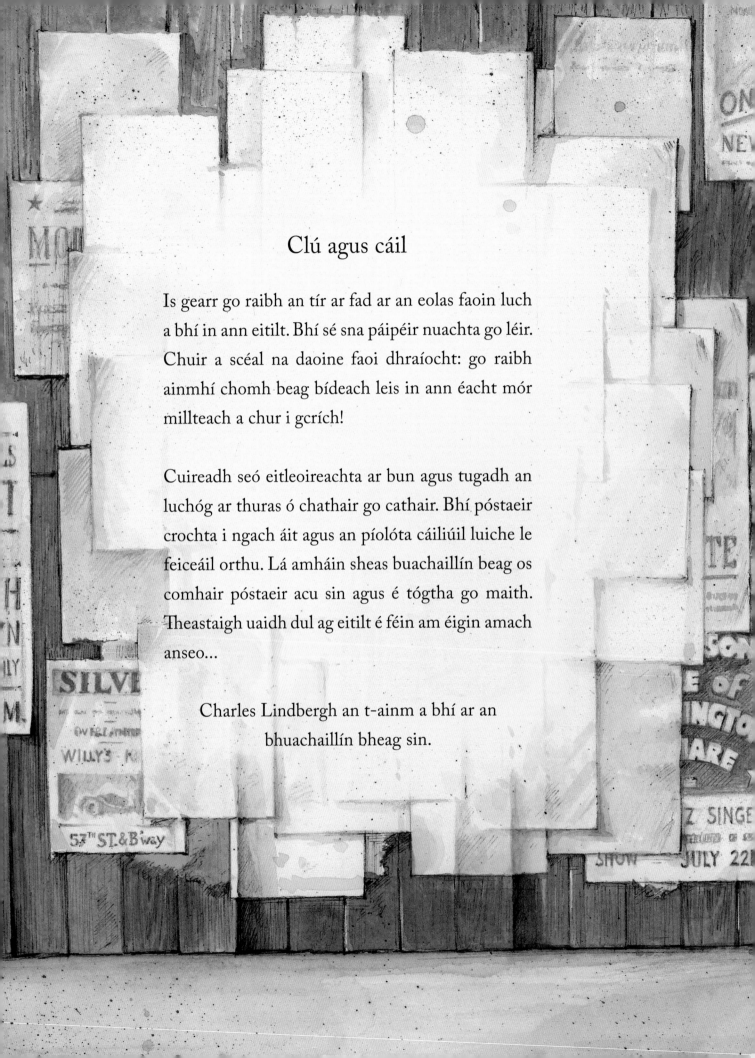

Clú agus cáil

Is gearr go raibh an tír ar fad ar an eolas faoin luch a bhí in ann eitilt. Bhí sé sna páipéir nuachta go léir. Chuir a scéal na daoine faoi dhraíocht: go raibh ainmhí chomh beag bídeach leis in ann éacht mór millteach a chur i gcrích!

Cuireadh seó eitleoireachta ar bun agus tugadh an luchóg ar thuras ó chathair go cathair. Bhí póstaeir crochta i ngach áit agus an píolóta cáiliúil luiche le feiceáil orthu. Lá amháin sheas buachaillín beag os comhair póstaeir acu sin agus é tógtha go maith. Theastaigh uaidh dul ag eitilt é féin am éigin amach anseo...

Charles Lindbergh an t-ainm a bhí ar an bhuachaillín bheag sin.

Críoch

Nótaí beaga ó stair na heitleoireachta

Otto Lilienthal

An ceapadóir Gearmánach Otto Lilienthal agus a fhaoileoir foluana. Leis an ghléas seo, d'éirigh leis neart eitiltí rathúla a dhéanamh sa 19ú haois. Ach ar an drochuair, maraíodh é nuair a thuairteáil sé ar an 9ú Lúnasa 1896.

Na deartháireacha Wright

Thóg na deartháireacha Wilbur agus Orville Wright as Meiriceá eitleán darbh ainm 'Flyer' a raibh eití dúbailte agus inneall aige agus d'éirigh leo é a chur ag eitilt den chéad uair ar an 17ú Nollaig 1903. Níor fhan sé thuas san aer ach dhá shoicind déag.

"Spirit of St. Louis"

Charles Lindbergh

Píolóta agus ceannródaí eitleoireachta Meiriceánach a bhí i Charles Augustus Lindbergh Jr. Sa bhliain 1927 thrasnaigh sé an tAigéan Atlantach in aon turas amháin lena eitleán aon-innill 'Spirit of St. Louis'. Ba eisean an chéad duine riamh ar éirigh leis a leithéid a dhéanamh as féin. Thosaigh sé i Nua-Eabhrac go moch ar maidin an 20ú Bealtaine agus thóg sé thart ar 33 uair a chloig chun 5800 ciliméadar a chur de sular thuirling sé i bPáras. Ní turas éasca a bhí ann: chuir stoirmeacha sneachta agus a thuirse féin isteach go mór air lena linn.

Tar éis a éacht a chur i gcrích, d'fhill Lindbergh ar Mheiriceá agus cuireadh fáilte roimhe mar laoch. Cuimhnítear air mar ghaiscíoch mór eitleoireachta.

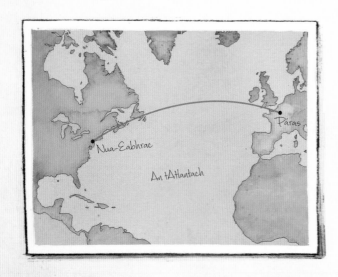

Bealach eitilte Lindbergh trasna an Atlantaigh

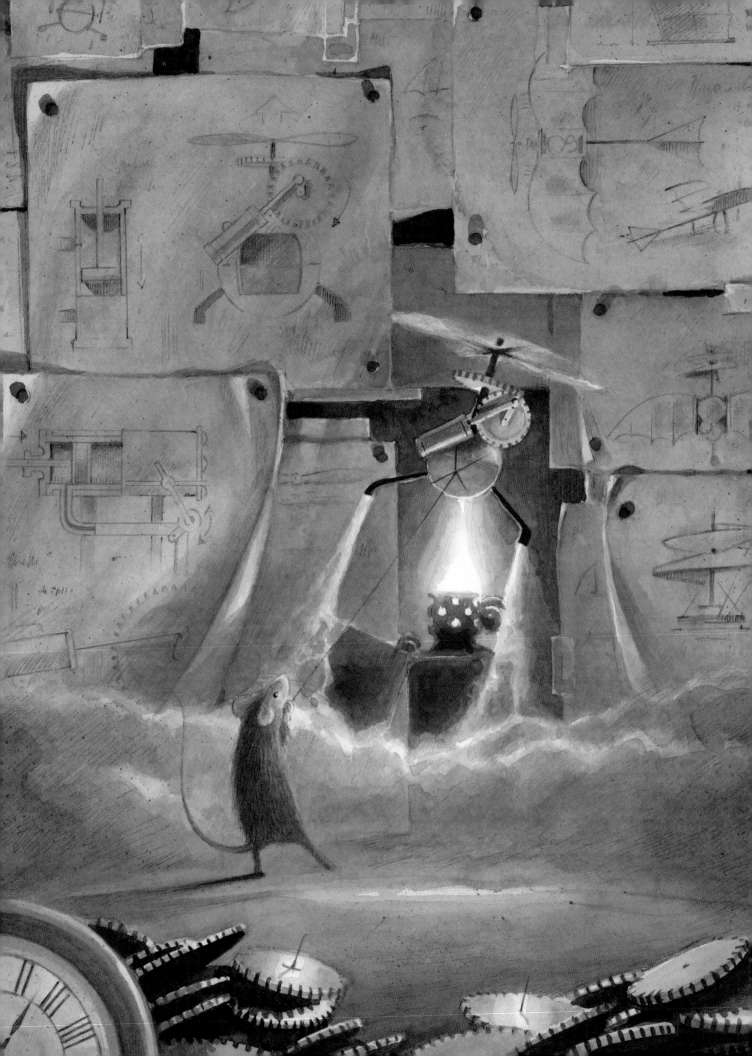

Torben Kuhlmann

Rinne Torben Kuhlmann staidéar ar tharraingt léaráidí agus ar dhearadh cumarsáideach i gcoláiste HAW i Hamburg na Gearmáine. Dhírigh sé isteach go mór mór ar léaráidí do leabhair. Is éard atá sa leabhar seo 'Lindbergh – Scéal Luchóige a d'Eitil' ná a thionscadal deiridh don choláiste sin. Is é a chéad phictiúrleabhar é agus is léir cé chomh tógtha is a bhíonn sé le fionnachtain agus le haireagáin aisteacha i gcoitinne agus le stair na heitleoireachta ach go háirithe.

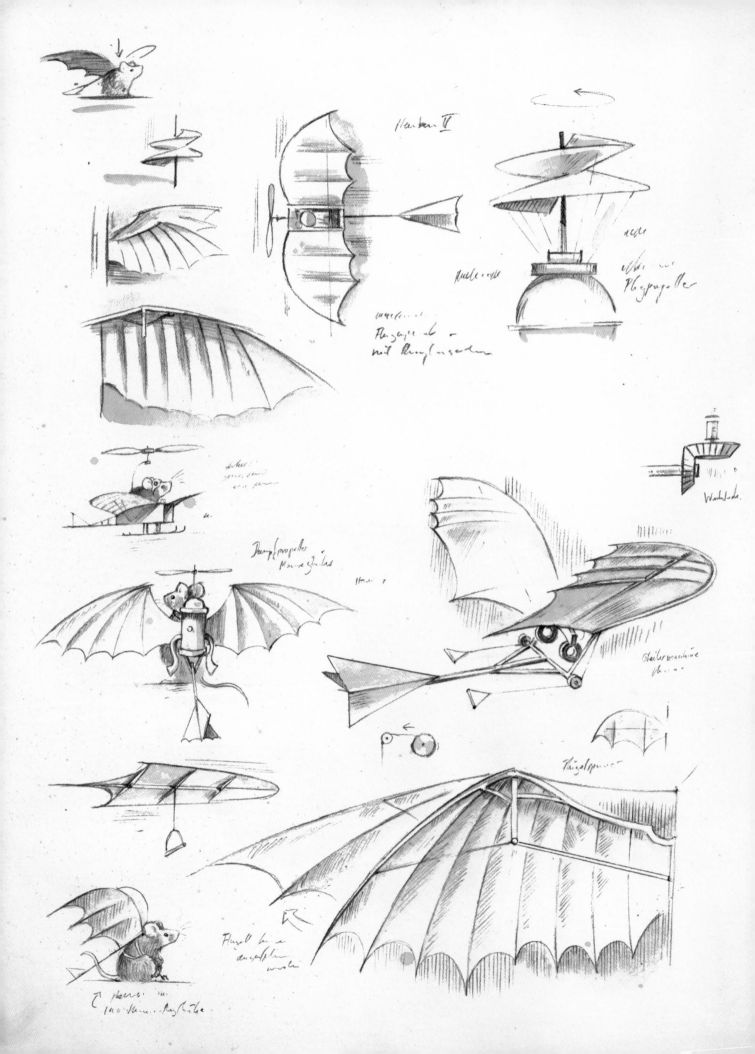